時をつなぐおもちゃの犬

マイケル・モーパーゴ 作
マイケル・フォアマン 絵
杉田七重 訳

あかね書房

This edition published by arrangement with HarperCollinsPublishers Ltd,London

through Tuttle-Mori Agency,Inc., Tokyo

時をつなぐ
おもちゃの犬

もくじ

1

わたしが育ったのはイギリス東部のサフォーク州にある農場で、そこから十分も歩くと海に出られた。あのころは農場の仕事がいやで、毎日のように海岸へにげていたっけ。子羊や子牛にミルクをやるのはいいけれど、そういう仕事はあまりなくて、たいていは家畜《かちく》小屋のそうじをたのまれる。だから声をかけられる前にさっと家をぬけだし、海岸めざして一目散に走っていくの。

　こまったのは、弟のアレックスが大きくなってわたしについてくるようになったこと。そのときには七歳《さい》になっていて、ひっきりなしにぺちゃくちゃしゃべっていた。わたしは十二歳《さい》になっていたから、考えごとをしたいときや、いやなことがあったときはひとりになりたかった。なのに、出かけようと思うと、いつでもアレックスがついてくる。しかもアレックスがついてくれば、かならずマニーもついてくる。マニーは毛が黒と白の牧羊犬で、正しい名前はマンフレート。夏には三人で海に入っていっしょに泳いだ。

カモメがよってたかってミヤコドリをいじめているのを見つけては追いはらい、海がおだやかなときは水切り遊びをした。わたしの最高記録は連続二十六回で、アレックスはたったの二回。何をするにも、どこへ行くにも、三人はいつもいっしょだった。

マンフレートだなんて、犬のくせに人間みたいな名前ねと、友だちからはよく言われた。うちにあるおもちゃ、〈リトル・マンフレート〉からとった名前だった。木でできたダックスフントで、茶色いペンキでぬられた胴体《どうたい》に赤い車輪がついている。ママが小さいときにそれで遊んで、そのあとわたしが遊んで、最後はアレックスが遊んだ。

でもいまはアレックスも遊んでいない。そういうおもちゃがにあわない年になったってこともあるけれど、遊ぼうにもリトル・マンフレートの車輪が三つしかなくて、ちゃんと動かないの。この前のクリスマスのとき、パパがうっかりふんづけたせいだった。パパのせいで、リトル・マンフレートが〝ポンコツ〟になっちゃったよと、アレックスはしつこく文句を言い、パパはパパで、なおすなおすと言いながら、いまだに実行していない。それでクリスマスからずっと、リトル・マンフレートは居間《いま》の出窓でカクンとかたむいたまま、新しい車輪がくるのを待っていた。

どうしてなのか、さっぱりわからないけれど、リトル・マンフレートのことをだれよりもたいせつに思っているのはママ。パパがふんづけたとき、泣きだしてしまったくらい。あんなにママがとりみだすのを見たのははじめてだった。ときどき、とても悲しい目でリトル・マンフレートを見つめながら、ほんものの犬にするみたいに、背《せ》なかをなでている。クリスマスの事故《じこ》のあとには、赤いリボンを首に結んでやって、「元気を出してね」と

言っていた。
どうしてママがあんなにリトル・マンフレートをたいせつにするのか、どうしてそのおもちゃがリトル・マンフレートとよばれるようになったのか、それがわかったのは、一九六六年の夏だった。

その日のことははっきりおぼえている。ロンドンのウェンブリー・スタジアムで行われたワールドカップの決勝戦でイングランドが優勝《ゆうしょう》を決めた翌日《よくじつ》だったから。パパもアレックスもサッカーとなると目の色がかわる。といっても、その夏はイギリスじゅうの人々がほとんどそうだった。ママとわたしは例外で、みんながばかみたいに大さわぎするのがいやだった。それでも正直に言うと、イングランドが勝った瞬間《しゅんかん》は、ものすごくうれしかった。わたしがパパとアレックスといっしょにテレビで試合を観ているあいだ、ママはずっと背《せ》をむけていて、まったく興味《きょうみ》を見せなかった。

その翌朝《よくあさ》、わたしはアレックスと海岸をぶらついていた。アレックスはずっとボールをけっていて、試合終了《しゅうりょう》まぎわのジェフ・ハーストのゴールを何度もまねしていた。しばらくドリブルしていってから、とちゅうでボールを宙《ちゅう》にとばし、もう何回目になるかわからないボレーキックを決める。それが終わると、つぎはノビー・スタイルズがカップを高々とかかげながら、足首までソックスをずりさげて、スキップするまねをする。これにはわたしも大笑いした。マニーもおもしろがり、頭をはげしくふりながらワンワンほえたて、アレックスのけったボールをどこへでも追いかけていった。

風の強い、荒《あ》れもようの天気で、空には雲

がびゅんびゅんとんでいた。わたしは腰《こし》をおろして、岸にいきおいよく打ちよせる波をじっと見ていた。マニーはもうサッカーにはあきていた。アレックスがぜんぜんボールをくれないから。かわりにいつものように、動くものが目に入ると、なんでもかんでも追いかける。最初は自分のしっぽ、つぎにカモメや葉っぱ。それから、紙ぶくろがひとつ、砂浜《すなはま》を低くとんできたのを追いかけた。つかまえようとしても、高すぎてとどかない。

しばらくすると、こちらへ走ってもどってきた。いっしょに遊ぼうというのだろう。わたしの顔を熱っぽく見つめ、ねえねえ、投げてと目でうったえている。やりだしたらきりがないんだけど――と思いながらも、わたしは棒《ぼう》を一本ひろい、海にむかってぽーんと投げてやった。マニーが走っていき、棒《ぼう》をくわえてもどってくる。もう一回、もう一回、もう一回。

もう何度投げたのか、わからなくなってきたとき、ふいにミヤコドリが二羽、わたしのうしろからまいあがり、さえずりながら海へとんでいった。何かにおどろいたみたいだった。マニーがそっちに気をとられ、くわえていた棒《ぼう》をぽとんと落とした。どうしたんだろう？　ミヤコドリがまいあがるのなんて、めずらしいことじゃない。いつものマニーなら、そんなものに気をとられたりしないのに。

マニーは前方にむかって耳をぴんと立て、砂浜《すなはま》のむこうの高いところをじっとにらんでいた。アレックスのけったボールだろうと、最初そう思った。たしかにボールが見えて、ひっくりかえして置かれたボートから、そう遠くないところに着地した。けれども、マニーが気をとられていたのはボールじゃなかった。何か音をきいたらしい。やがてわたしにも、それがきこえた。人の声。男の人たちの声だった。マニーがのどの奥《おく》でウーッとうなりだした。

それが、ふたりを見た最初だった。男の人ふたりが砂浜《すなはま》のむこうに置かれたボートをめざして歩いていく。たどりつくと、しばらくそこに立ちつくし、海を見わたして

いる。ひとりはつえを持ち、羽根が一本ささったへんてこりんなぼうしをかぶっていて、もうひとりはもっと背《せ》が高くて、ダッフルコートを着ていた。ふたりで腕《うで》を組んで、吹《ふ》いてくる風に身をのりだしている。

気がつくとマニーがふたりにむかってほえていた。やめなさいと、わたしが言うと、おどろいたことに、言われたとおりにした。わたしのすぐそばにきてすわり、心ぼそそうに、すねに頭をくっつけてくる。それからアレックスもわたしのそばにやってきた。

「あの人たち、だれ?」アレックスがそっときく。

そのときには、背《せ》の高いほうがアレックスのボールを見つけて、ひろいあげていた。

「きみたちのかい？」大きな声で言ってきた。

どちらの男の人も、パパよりすこし年が上といった感じ。街の人だ。長ぐつではなくて、街に出るときにはくくつをはいて、それがどろでよごれていた。アレックスはこくんとうなずいて指をくわえた。きんちょうしているときのくせだ。

「いま持ってってやるよ。けるのはめっきりへたくそになってね」

すると羽根のついたぼうしをかぶった男の人がボールをとりあげた。

「だめだ《ナイン》、だめだ《ナイン》、マーティ、わたしがけるよ。サッカーボールはやっぱり、けらなくちゃ」

ボールを砂浜《すなはま》に落とすと、一、二歩さがってから、けった。みごとに計算されたキックで、ボールはねらいどおりに着地。アレックスは腰《こし》をかがめてひろうだけでよかった。男の人はそろって笑い、わたしたちに手をふってから、また海のほうへ歩いていって、しばらくこちらに背《せ》をむけて海岸をはしからはしまでながめていた。そのとき、ふたりのどちらかが話す声がきこえた。

「このへんだよ。このあたりで、起きたんだ。そう《ヤー》、そう《ヤー》、ここだよ。まちがいない」

しばらくだまってから、また言葉をついだ。

「もどってきて、ほんとうによかった。きみのすばらしい思いつきのおかげだよ、マーティ。最初はためらいもあったけど、そんなのはよけいだった」

その人の話す英語には、おかしななまりがあった。言っていることはわかるけれど、こんなふうに話される英語をきくのは、生まれてはじめてだった。

「なあ、マーティ、あいつが何をしてたか、話したっけ？」

　声が小さくなった。人の会話を盗《ぬす》みぎきするのはちょっと気がひけるけれど、やめられない。きかずにはいられなかった。

「あいつ、水切り遊びが好きでさ、しょっちゅうやってたんだ。子どものときを思いだすって言って。あの日はみんなで朝から昼まで、あのへんにはりめぐらされた有刺《ゆうし》鉄線をはずす仕事をしていた。ランチの時間になると、海からはなれて、みんな砂浜《すなはま》のいちばんむこうでくつろいだ。このボートからずっと歩いていった先だよ。ちょうどあのときもボートがひとつ置いてあった。これがそのときのボートかどうかはわからないが、でもひょっとしたらそうかもしれない。

　で、あいつが言ったんだ。平べったくて、ちょうどいい石を見つけたって。水切りをすれば、海の上をどこまでもジャンプしていって、ドイツにとどくだろうって。そ

れであいつはみんなからはなれて、水ぎわまで歩いていった。ちょうどいま、ぼくらが立っている、このあたりまで。そのときは引《ひ》き潮《しお》だったから、もうすこし先だったかもしれない」

相手がのどをつまらせる音まできこえるほど、わたしは近くにいた。どうやらその男の人は、声がふるえそうになるのをがまんしているようだった。

「そうとなったら、ヴァルター。やることは決まってる」

もうひとりのほうが言って、腰《こし》をかがめて小石をひとつひろった。

「ほうら、いいやつがあった。あいつのかわりに投げてやったらどうだい。ドイツまでとどくように」

そう言ってその人が石を投げようとした瞬間《しゅんかん》、あっと思った。マニーがどうするかわかったけれど、もうまにあわない。マニーが浅瀬《あさせ》にバチャバチャ入っていって、小石が海に落ちる前にキャッチしようと追いかけるのを見て、わたしはどなった。

「マニー！　マニー！　マンフレート！　もどってきなさい！」

どんなに大声を出してもむだだって、わかっていた。マニーは自分がその気にならないと、ぜったいもどってこない。男の人がそろってこちらをふりむき、そのまま砂浜《すなはま》を歩いて、わたしたちのほうへやってくる。羽根つきぼうしをかぶったほうは、こっちにむかってつえをふっている。近づいてくるにつれて、ふたりともまゆをひそめているのがわかった。おこっている感じではなかったけれど、わたしたちのことをよく思っていないのはまちがいない。ふたりが目の前まで近づいたと

き、アレックスがわたしの手をそっとつかんだ。

「ごめんなさい」わたしはすかさず言った。「マニーは、ものを投げるとすぐ追いかけていっちゃうんです。とにかく大好きで、自分でもとめられないんです」

マニーはぜんぜん悪いことをしたとは思っていないみたいで、ふたりのほうへはずむようにかけていくと、プルプルッと身をふるわせて、水しぶきを盛大《せいだい》にとびちらせた。それからふたりの足もとでおすわりをし、舌《した》をたらしてわくわくしている。棒《ぼう》でも石でもなんでもいいから、早く投げてとねだっているのだろう。

「いまこの犬、マンフレートってよばなかったかい？」

なまりのあるほうが言った。ぼうしにさした羽根は、ぼうしと同じ緑色だった。

「はい。マンフレート、それにマニーって。ほんとうは牧羊犬で、父のもとで羊や牛を集める仕事をしてるんです。でも、なんでもかんでも追いかけちゃって。さっきも言いましたけど、自分でもどうしようもないんです」

その男の人は、信じられないというように頭をふった。

「マーティ、きいたかい？　おどろいた！　犬の名前だった。あの子が自分でつけたんだ！　おぼえてるかい？　前に話したただろ」

それからまた、わたしたちのほうをむいた。

「じゃあきみたちも、農場でくらしているんだね？　どこにあるんだろう。場所を知りたい」

それまでだまっていたアレックスが急に強気になって口をひらいた。

「農場に決まってるじゃないか。でなきゃ、羊や牛を飼《か》ったりしないでしょ？」

ちょっとなまいきな口ぶりだったので、アレックスとつないだ手に力をこめ、だまらせた。住んでいる場所を教えていいものか、自信がなかった。なにしろそのときは、ぜんぜん知らない人たちだったから。わたしは考えた。どちらも危険《きけん》な感じはしない。どうしても知りたい、大事なことなんだと、ふたりの顔はそう言っていた。だからわたしも教える気になったんだと思う。

「村のはずれです。学校と教会の裏手《うらて》。一マイル（約一・六キロ）ぐらい先で、わりと近くです」

「そうだ、そうだよ。教会の近く、ケッシングランドじゃないか？」

男の人は目をかがやかせて興奮《こうふん》している。

「で、きみたちがくらしている農場は、メイフィールド農場というんじゃないかな？」

「おじさん、なんで知ってるの？」アレックスがぶっきらぼうに言った。

「きょう、はじめて会ったのに」

「そうだったね、ぼく」相手は笑顔でこたえた。

「きみたちに会うのははじめてだけど、おじさんがまちがっていなければ、きみたちの農場に、前に行ったことがあるんだよ。みぞや、かきねや、納屋《なや》のひとつひとつを、ぜんぶ知ってると思う」

それから、もうひとりのほうをふりむいた。

「すごいよ、マーティ。夢のようだ《アウスゲツァイヒネト》！」

それから、またわたしのほうにむきなおった。

「それに、きみのお母さんのことも知ってると思う。名前はグレース。あってるかい？」

信じられない。この人、わたしたちのこと、なんでもかんでも知ってるみたい。家のこと、それにママの名前まで。こっちからは何も言ってないのに。

その人がくるりと背《せ》をむけた。顔が、いまにも泣きだしそうになっているのがわかった。そのまま浜《はま》のむこうへずんずん歩いていって、ひっくり

かえしたボートの横に腰《こし》をおろした。

それを見て、もういっぽうの男の人が、とりつくろうように言った。

「ヴァルターは、ちょっとひとりになりたいんだと思う」

この人のしゃべりかたは、わたしたちとほとんど同じ。

「つらいんだよ。むかしのことを思いだすっていうのは」

何を言っているのかさっぱりわからなかった。それが顔に出ていたんだろう。何も言わないのに、むこうが説明をはじめた。

「うん、きみたちだって信じられないと思うよ。どうやら、おじさんの友だちのヴァルターは、ずっとむかしに、きみたちのお母さんのことを知っていたようだよ。お母さんが小さな女の子だったころに。ヴァルターはそのころの話をあまりしないんだけど、それだけは、おじさんもきいて知っているんだ。

ずっとずっとむかし、戦争が終わってすぐに、ヴァルターはこのあたり、ケッシングランドの農場にしばらくやっかいになっていた。その農場っていうのが、きみたちのくらしている農場かもしれないと思うんだ。ヴァルターも同じことを思ったんだろう。ヴァルターはそこで二年近くくらしたんじゃないかな。リトル・マンフレートっていう犬と、グレースっていう女の子のことを、たしかに口にしていた。

で、きょうこの浜《はま》に帰ってきて――ヴァルターはむかしのことをありありと思いだした――そんなときに、マンフレートってよばれてる犬に出会った。ひょっとして、むかし自分のくらしていた農場に、いまきみたちが住んでいるんじゃないかと思った。そうしたら、きみたちのお母さんの名前がグレースだって言う。それはもうびっくりさ。うれしいびっくりだとは思うけど、やっぱりふつうじゃいられない。ヴァルターのようす、見にいってみようか？」

三人で浜《はま》を歩いていく道すがら、男の人はソーパーだと苗字《みょうじ》を名のり、さらにつけたした。

「マーティ。よければ、そうよんでくれないかな。まだきみたちの名前はきいてなかったよね？」

「この人はチャーリー」アレックスが教える。さっきとはうってかわって、すっかりうかれた口ぶりだ。

「男の子の名前だけど女の子。ぼくのおねえちゃんだよ。ぼくはアレックスで七歳《さい》と四か月。あのボートのところにいる男の人、おかしなしゃべりかたの人はだれ？」

「ヴァルターのことかい？　あいつはぼくの古くからの友だちで、ドイツ人なんだ。

8

ワールドカップの決勝戦をウェンブリー・スタジアムで観るために、イングランドにやってきた。ふたりとも熱狂的《ねっきょうてき》なサッカーファンなんだ。

でもそれだけじゃなく、久しぶりにふたりで会おうじゃないかと、それも目的だった。むかしくらした、戦争が終わったときにヴァルターがやっかいになった農場がまだ残っているかどうか、ここにきてたしかめようって、ぼくが提案《ていあん》したんだ。すごいだろ？　ヴァルターがイングランドを去ったのは二十年近く前で、それから一度もたずねていなかった」

「うわーっ！」

アレックスが興奮《こうふん》してさけんだ。ウェンブリー・スタジアムに反応《はんのう》したのだろう。こうなると、あとはひたすらサッカーの試合の話になる。

「ほんとに、あそこにいたの？　試合、観たの？　ウェンブリーで？　うっわー！」

マーティはうなずき、にっこり笑って言う。

「いたさ。ふたりでね。ヴァルターといっしょに。ぼくは大よろこびで帰ってきた。でもヴァルターはあんまりうれしくなかった――そりゃそうだ」

「きのうの試合？　ほんとにあそこで観てたの？」

アレックスはまだ信じられないようす。

「イングランドのゴール、あれ、ちゃんとラインをこえたよね？　審判《しんぱん》は正しかったよね？」

もうたくさんだ。

「たんなるゲームじゃないの。くだらない」

わたしは言った。問題になったゴールのことを、パパとアレックスはいつまでもしつこく話していた。

「サッカーは、あんまり好きじゃないの？」

マーティに言われて、わたしは肩《かた》をすくめた。

それでもアレックスはまだ言っている。

「ねえ、ラインをこえてた？　こえてなかった？　そこにいたんでしょ。ちゃんと見たはずだよ」

「さあ、どうだろうね」

マーティがこたえた。

「車でここへやってくるあいだ、ぼくらの意見はずっとくいちがっていた。おかしな話だけど、ヴァルターはラインをこえてないと思ってて、ぼくはこえたと思ってた――ほんとうに、どちらの目にもそう見えたんだよ。

だけど終わってしまえば、そんなことはどうでもいいと思わないかい？　すばらしい試合だった。だけど、チャーリーが言ったように、結局はゲームだからね。どっちかが勝って、どっちかが負けるわけだ。きのうはイングランドがラッキーだったというだけの話。ヴァルターがきょう、きみたちとここで会えてラッキーだったというのと同じだよ。ほんとうに、すごい幸運だ。

あいつはきっともう試合なんか頭にないよ。ここにきて、きみたちと出会って、むかしの思い出にふれることができた――サッカーの試合で勝とうが負けようが、そんなことよりずっとたいせつなことなんだ。ワールドカップの試合だってかなわない」

ヴァルターはまだ、浜辺《はまべ》の先のほうで、ひっくりかえしたボートの横に腰《こし》をおろしていた。何かぼうっと考えていたようで、こちらの足音をきいて顔をあげた。すると、ナマズを口にくわえたマニーが、わたしたちより先にかけていった。ヴァルターの足もとにナマズをぽとんと落とすと、自分もその場に腰《こし》をおろして舌《した》をだらりとたらし、浜《はま》の小石をまきあげそうないきおいで、しっぽをぎゅんぎゅんふっている。ナマズを投げてもらおうと待っているのだ。

ヴァルターが手をのばし、マニーの耳をかいてやった。

「マンフレート」ヴァルターは小さくつぶやいた。「リトル・マンフレート」

それからわたしにきく。

「どうしてこの犬、マンフレートって名前になったのかな？」

「たぶんママの持ってた、おもちゃから。リトル・マンフレートっていう名前なの。木でできたおもちゃで、ママのあとはわたしがそれで遊んだの。小さいときに」

「そのあとはぼくだよ」アレックスが口を出してきた。「ぼくのものになったんだけど、クリスマスにパパがふんづけちゃって、車輪がひとつこわれちゃった。だからもう動かない。ずっとたおれたまんまなんだ」

アレックスはいつでも口をはさんでくる。それをだまらせようと、わたしは言った。

「とにかく、わたしが小さいときに、子犬だった、この牧羊犬がうちにやってきて、わたしがかってにマンフレートってよんでたんです。あのおもちゃが大好きだったから。みんなもいい名前だって思って、いつのまにかそれに決まったんです」

「だけど、いつもはマニーってよんでるよ。マンフレートじゃなくってさ」

アレックスがつけたした。

「ああ、そうみたいだね」

ヴァルターが言って話をつづける。

「でも、そもそもきみたちの持ってるそのおもちゃの犬が、どうしてリトル・マンフレートって名前になったか、知ってるかい？」

そう言うと、ヴァルターは羽根のついたぼうしをぬいだ。髪《かみ》をなでつけようとするけれど、風にあおられてちらばってしまう。銀白色の、ひょろひょろした髪《かみ》の毛。ぼうしがないと、おじいさんみたいに見える。

「風のないところにすわろうか。冷えるといけない。この話は、ちょっとばかり長くかかるんでね」

2

ヴァルターにぼうしをあずけられて、アレックスはよろこんでいる。やっぱりあの羽根が気に入ったらしい。しばらくしてヴァルターが話しだした。

「マンフレートもわたしも、よくみんなと、このボートの横でランチを食べた。たぶんこれがそのときのボートだ。こいつもわたしといっしょで、いまじゃ古くなっちまったがね」

　話しながら、海のかなたをじっと見つめ、思い出にどっぷりひたっているようだった。
「よく、水平線のはるかむこうまで見すかそうとした。いっしょうけんめい目をこらせば、ドイツのバイエルンまで見えるかもしれないって。バイエルンはわたしとマンフレートの故《こ》郷《きょう》だよ。もちろんバイエルンなんて、海のずうっとむこうだ。それでもマンフレートとわたしは、この浜《はま》にくると、ほかのどこよりも故郷《こきょう》の近くにいる気がした」
　だれかに話してきかせているというより、思い出がかってに言葉をつむいでいるようだった。

「マンフレートの家はわたしの家と同じ通りにあった。レーゲンスブルクっていう町。同じ学校に行って、同じチームでサッカーをした。ふたごの兄弟みたいに育った親友だ。ユタと結婚《けっこん》したときには、わたしが花むこつきそい人になった。娘《むすめ》が生まれたときには、わたしが名づけ親となってインガと名づけた。ぼくらは、まったく同じ日に海軍に入ってね。そして……それから数か月して、もう戦争がはじまった。

ドイツ海軍で訓練を受けているあいだも、ずっとマンフレートがとなりにいた。そうして気がつくと、同じ船に乗っていたんだ。ビスマルク号。これがもう、誇《ほこ》らしいのなんのって。なにしろドイツ海軍きっての戦艦《せんかん》だ。世界最速の三十ノット（時速約六十キロ）で、排水量《はいすいりょう》は五万トン。ドイツに生まれた船乗りなら、だれだって乗りたいって思う」

アレックスがまたくだらない質問《しつもん》をして、口をはさむんじゃないかと心配したけれど、気がつけば話にすっかりききいっていた。その場にあぐらをかいてすわり、ヴァルターの顔から目をはなせずにいる。わたしもいつのまにか話のなかに入りこんでいた。

「二千人をこえる人間がビスマルク号に乗っていた。自分たちは世界の何にも負けないって、ひとり残らず、そう信じていた。若《わか》さゆえの、からいばり、とでも言うんだろうな。戦争がはじまったばかりのころは、だれもがにたようなもんだった。艦長《かんちょう》のリンデマンはわれわれに勝利を約束した。むろん、みな信じた。言われたことはぜんぶ信じた。むこう見ずなイギリス海軍の船がやってきても、われわれの大砲《たいほう》の射程圏《しゃていけん》内《ない》に入ったら、ドカンと一発で吹《ふ》きとばしてやるって、もう自信まんまんだった。

それであの日、一九四一年の春、ゴーテンハーフェンから出航したとき、われわれの胸《むね》にはこれっぽっちの不安もなかった。いきおいばっかりの、ばかげた自信だけがあった。デンマーク海峡《かいきょう》で最初の戦闘《せんとう》がはじまったときも、ぜったいに勝てると信じてうたがわなかった。

あとになって艦長《かんちょう》は、わたしやマンフレートをはじめ、

砲手《ほうしゅ》たちに教えてくれたよ。あのフッドを撃沈《げきちん》したのは、わたしたちの放った一発だったって。フッドはイギリス海軍の誇《ほこ》りで、イギリス史上最大の戦艦《せんかん》だった。それがあんなにあっけないとは信じられなかった。ドカンと爆発《ばくはつ》したかと思うと、それから数分でしずんでしまった。歓声《かんせい》をあげた者もいた——言うのも恥《は》ずかしいが、おおぜいいた。

しかし、わたしとマンフレートはわかっていた。これは歓声《かんせい》をあげるようなことじゃないって。あのわずかな瞬間《しゅんかん》に、自分たちの目の前で、何百という船乗りが死んでいった。自分たちと同じ船乗りだよ。自分たちと同じように国のために戦っていた。あのときはじめて、戦争がどんなものか、ほんとうの意味でわかったんだと思う。おれたちが殺すのは人間で、おれたちを殺すのも人間だって」

つらくなって先をつづけられなくなったのか、ヴァルターはそこで大きく息をすった。まるで、どうしてもわすれることができない、おそろしい夢《ゆめ》の話をするかのようだった。

「ほかのイギリスの船は、けむりをあげて方向転換《てんかん》し、立ちさった。初の戦いが終わって、こちらは歴史に残る勝利を手にした。まさに言われてきたとおり、ビスマルクは世界一強い船だった。よりによってイギリスの誇《ほこ》る最強の戦艦《せんかん》を打ち負かしたんだから、もうむかうところ敵無《てきな》しと、有頂天《うちょうてん》になった。だれもが大よろこびで、わたしだってよろこんでいいはずだった。ところがそうじゃない。夜になって目を閉《と》じると、フッドが爆破《ばくは》される場面がうかんできて、もうねられやしない。おぼれる船員たちの悲鳴がきこえるんだ。もう一生ねむれないと思った。

それから数日のあいだ、ビスマルクは海の支配者《しはいしゃ》だった。プリンツ・オイゲンっていう、これまた強力なドイツの船とともに、我《わ》がもの顔で大西洋に出ていった。海はわれわれのもの。世界もわれわれのもの。目に入った船は片《かた》っぱしからしずめることができた。もちろん、イギリスが追いかけてきているのは知っていた。その先に、さらなる戦闘《せんとう》が待ちかまえているのもわかっていた。それでも、何があろうとへっちゃらだって思ってた。そのころにはもう、自分たちは無敵《むてき》だって、本気で信じていたんだ。

敵《てき》の爆撃機《ばくげきき》の魚雷《ぎょらい》が船の舵《かじ》に命中しても、そう信じていた。もうまともに海を進めないとわかっても、イギリスの艦隊《かんたい》に周囲をぐるりとかこまれても、まだ信じていた。敵《てき》を追いはらって、フランスのどこか安全な港へたどりつき、そこで船を修理《しゅうり》して、ふたたび出港する。はじめたことをきちんとやりとげるんだって、ただもうやみくもに信じたかったんだろう。

全側面に爆撃《ばくげき》を受けて、もうこれ以上動けない、大砲《たいほう》もすべてつかいものにならなくなったとわかっても、しずむなんてことは、これっぽっちも思わなかった。ほんとうだよ。退船《たいせん》の命令がきこえてきても、ビスマルク号がしずむ場面なんて想像《そうぞう》できなかった。とにかく、そんなことはありえないって。

冷たい水のなか、炎《ほのお》にまかれて絶叫《ぜっきょう》しながら死んでいく仲間を見てはじめて、いま現実《げんじつ》に何が起きているのか、ようやくわかってきた。わたしは脚《あし》をけがしてしまった。骨《ほね》が折れていたんだ。どうしてそうなったのか。気がつくと動かなくなっていたんだ。マンフレートがわたしをだいて泳いでにげた。そのときふたりの目に、波間に消えていくビスマルク号がうつった。きくにたえないうめき声をあげながらしずんでいく。あの声は一生わすれない。

はきだされる蒸気《じょうき》とけむりが、長いため息のよ

うで、ビスマルクが最後の息をついているんだと思った。

まわりでは、つぎつぎと船員がおぼれていく。あのフッド号の沈没《ちんぼつ》場面がくりかえされていた。しかし今度死ぬのは自分であり、マンフレートや仲間たちだ。

わたしは強い人間じゃない。これはもう自分でよくわかっている。しかしあのときは、こわいと思わなかった。たぶん、もう自分にできることは何もないって、さとっていたんだろう。人が死ぬときっていうのは、きっとこういう感じで、楽になりたければ、じたばたしないことだって思えた。マンフレートがいなかったら、きっとあきらめて、そのまましずむにまかせていただろう。すっかり弱っていたし、なにしろ寒くて寒くて、もがきつづける元気もなかった。生きる気力をうしなっていた。それでもマンフレートがわたしをささえ、ひたすら話しかけてきた。いまに助けがくる、おれたちはだいじょうぶだって。

どれくらいのあいだ海にいたのかはわからない。マンフレートの話じゃあ、わたしはそのあいだずっと、意識《いしき》のはっきりしない状態《じょうたい》だったそうだ。顔をあげると巨大《きょだい》な船の腹《はら》が見えたのはおぼえている。すぐ近くにあって、手をのばせばとどきそうだった。マンフレートに助けてもらって、ごちゃごちゃした網《あみ》にしがみついた。

それからマンフレートがどうやってわたしを船にあげたのかはわからない。きっとひきずりあげたんだろう。とにかく、こっちは片脚《かたあし》がつかえなかったから、ひとりじゃあがれっこない。甲板《かんばん》をひきずられていったときには、ほとんど死んでいるような状態《じょうたい》だったと思う。目をあけたとき、この男の顔が見えた」

そう言ってマーティを指さし、うるんだ目で笑った。

「いまきみたちのとなりにすわってる、この男。マーティだ」

マーティは手をのばして、ヴァルターの腕《うで》をぽんぽんとたたく。

「ヴァルター、その先はぼくにまかせてくれ」

マーティはわたしたちのほうにむきなおって、そのときのようすをくわしく説明しだした。
「ぼく、マーティン・ソーパーは、そのとき一等水兵として英国軍艦《ぐんかん》ドーセットシャーに乗っていたんだ。言っちゃあなんだが、うちの船の甲板《かんぱん》に横たわっているヴァルターを最初に目にしたときは、まるで水からあがった魚みたいだった。息もたえだえにゴホゴホせきこんで、これでもか、これでもかと、海水を大量にはきだした。頭からつま先まで、真っ黒な油まみれになっていたのは友だちのマンフレートも同じだった。海のなかにはまだものすごい数の人がいて、そのうちの何十人かが、魚網《ぎょもう》につかまってもがいていた。

マンフレートはすこしだけ英語をしゃべれたけれど――ヴァルター、きみはあのとき、さっぱりだめだったね。ヴァルターの脚《あし》はたぶん折れているだろうって、ぼくに教えたのはマンフレートだった。それで医者をよんでちょっと診《み》てもらったんだ。そうしたら、担架《たんか》に乗せて下の医務室《いむしつ》に運んでいけと言う。そこで身体をあらって、あたたかくして待っていれば、できるだけ早くおりていくからと。しかし緊急《きんきゅう》な治療《ちりょう》を要する人間が甲板《かんぱん》に何百人といるから、ある程度《ていど》時間はかかるだろうと言われた。

マンフレートとわたしとで、ヴァルターを担架《たんか》に乗せようとしたちょうどそのとき、足もとで船がゆれだした。たんに波がもりあがったとか、風が出てきたとか、そういうんじゃない。なにしろエンジンのものすごい音がきこえたからね。どこもかしこも──甲板《かんぱん》の上でも、もみくちゃになっている魚網《ぎょもう》でも、そこらじゅうの海でも──人間のさけび声とどなり声があふれかえっていた。

それから船長の声が船内放送で流れてきた。この海域《かいいき》でドイツ軍の潜水艦《せんすいかん》、Uボート《ユー》が発見されたという報告《ほうこく》があったため、われわれはすぐ退去《たいきょ》する。選択《せんたく》の余地《よち》はない。いまの場所にとどまっていれば、魚雷《ぎょらい》のかっこうの標的になるだけだ。そう船長は言った。

船は早くも進路をかえて走りだしていた。二千人近い人間をおぼれるままにして、ぼ

HMS DORS

くらはつっ立ったまま見まもるしかない。もはやそこにいるのはフッドを撃沈《げきちん》した敵《てき》ではなく、自分と同じ船員だ。船員が船員を海でおぼれるままに見すてていく。おぼれていく人間がどんな軍服を着ていようと関係ない。それはもう、自分がこれまで信じていたことをくつがえし、海のあらゆる伝統《でんとう》にそむく暴挙《ぼうきょ》だった。ひとりを見すてるだけだってたえがたい。それなのに二千人をすてて……以来きょうまで、あの海にいた人々が毎日のように目にうかんでくるんだ」

「だけどきみたちは、百人もの人を助けたんだよ、マーティ」ヴァルターが言う。「それをわすれちゃいけないと、わたしは何度も言ってきたじゃないか。フッドでは、そんなチャンスはなかった──生き残ったのはわずか三人だ」

しばらくのあいだ、どちらも口を閉《と》ざし、それぞれの思いにひたって遠くの海をながめている。その沈黙《ちんもく》を二羽のカモメがやぶった。かんだかい声で鳴きながら頭上を旋回《せんかい》している。

わたしはふと、頭にうかんだ言葉をそのまま口にした。

「パパが言ってたわ。カモメの鳴き声は、亡《な》くなった船員さんの幽霊《ゆうれい》で、まだ生きていることを知らせているんだって」

「ぼくは幽霊《ゆうれい》なんか信じないよ」アレックスが食ってかかってきた。「そういう話はいやだって、知ってるじゃないか」

「わたしも幽霊《ゆうれい》は信じない」ヴァルターが言った。「だけどお父さんのお話は好きだなあ。もしつぎに鳥になって生まれてくるんだったら、カモメじゃなくて、カツオドリがいい。あんなふうに空中からまっすぐ海にとびこんだあとで、また高い空へまいあがれたらいい。空の上は自由だよ。カツオドリは自由を愛しているんだと思う。自由でいられるって、生きていていちばん大事なことじゃないかな。鳥だって、人間だって」

ヴァルターは小石を片手《かたて》いっぱいつかみ、さいころをふるみたいに浜辺《はまべ》へばらまい

た。まるで頭にうかんだ言葉をばらまくように。

「そういえば、カツオドリはたくさん見たなあ。英国軍艦《ぐんかん》ドーセットシャーに乗りこんでイギリスにやってきた日に。もちろん、戦争捕虜《ほりょ》としてだがね。空で鳴くカツオドリを見あげながら思ったよ。あっちは自由だが、自分はちがう。いったいやつらは何を求めて鳴いているんだって。そのときには、わたしにもマンフレートにもわかるはずはなかったが、ともに戦争捕虜《ほりょ》として、それから六年ものあいだ自由をうばわれることになった」

「六年？　そんなに長いあいだ」わたしは言った。

「ああ」ヴァルターがつづける。「だけどマンフレートがいっしょだった。やつがいなかったら……そうだな、もっとつらかっただろう。ビスマルクから生還《せいかん》したみんなといっしょに波止場にならんで立っていると、マーティがさよならを言いにやってきた。おぼえてるかい、マーティ？　ほかのイギリス兵はだれひとり、そんなことはしなかっ

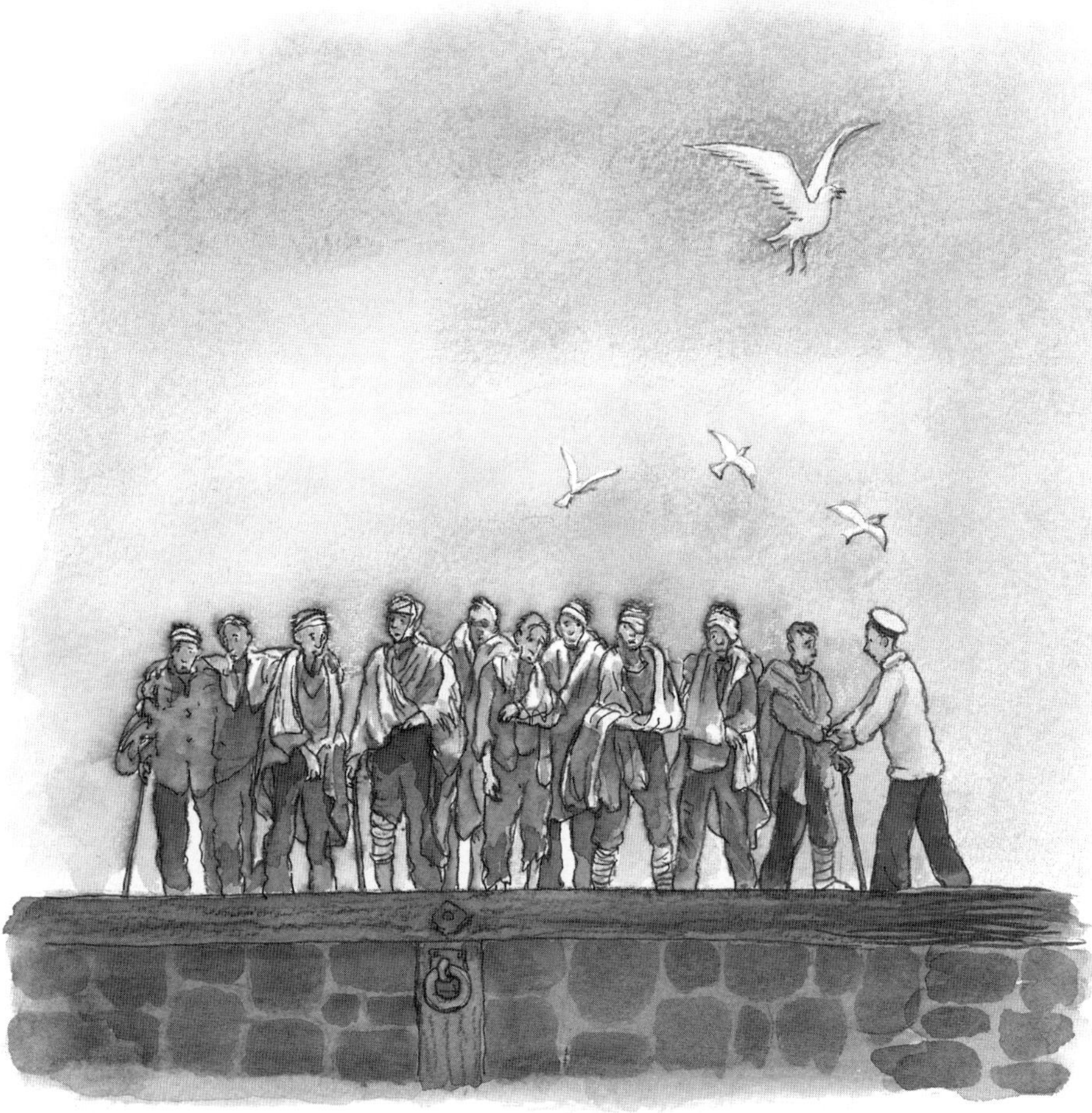

た。きみだけだよ。マンフレートやわたしと握手《あくしゅ》をして、たばこまでくれた。あの親切は一生わすれない。わたしも、マンフレートも。それからイギリスの北にある捕虜《ほりょ》収容所《しゅうようじょ》へ連れていかれて、そのあとはもうきみとは会えなかった。そうだったね、マーティ？　長いことずっと。

正直に言うと、最初マンフレートもわたしも、イギリス海軍をゆるすことができなかった。自分たちの仲間をあんなふうに海に置きざりにして、おぼれ死にさせた。長いこと怒《いか》りが消えなかったよ。けれども捕虜収容所《ほりょしゅうようじょ》にいた年月に、あのときのことを語りあい、じっくり考えていくと、イギリス海軍のほうだって、当然ぼくらをゆるせないだろうとわかるようになってきた。フッドに乗って死んだ二千人の兵士にも家族がいた。そういう家族が、ドイツ海軍の砲手《ほうしゅ》がしたことをどうしてゆるせるだろう。そのことをマンフレートといっしょにとことん考えて、よく話しあった。ふたりだけで、ひっそりとね。いまでもわたしの頭からはその考えが消えない。

海軍や学校でいっしょだった友人や同郷《どうきょう》の仲間。その多くがどうなったかをあとで知るにつけ、イギリスの収容所《しゅうようじょ》で安全にくらしている自分たちは、結局のところ幸運だったと思った。冬の寒さはきびしいし、いつも腹《はら》をすかせていた。それでも赤十字から物資《ぶっし》が送られてきたし、故郷《こきょう》から手紙もとどいた。農場ではとことん働かされ、石もひろえば、肥《こ》やしもまき、道路までつくった。それでも、だれかに撃《う》たれたり、爆《ばく》撃《げき》を受けたりする心配はない。戦争ははるか遠くへ去ったようだった。だから、ぼくらの生活はそれほどひどくはなかったんだ。

きっと捕虜《ほりょ》になってつらかったのは、ぼくよりもマンフレートのほうだったろう。故《こ》郷《きょう》にいる妻《つま》のユタから手紙がとどくまでに何か月もかかることがあったし、小さな娘《むすめ》インガの顔をもう一度見たいと願っていただろうから。インガとは、故郷《こきょう》で休みをもらったときに、わずか一週間いっしょにいただけで、それからすぐビスマルク号に乗って海に出ることになった。ユタがインガを連れて見送りにきたのをおぼえてるよ。

思い出にささえられて、その日その日を生きていくしかなかった。それでも捕虜《ほりょ》生活が長引いてくると、マンフレートがよくあそこに立って、鉄条網《てつじょうもう》ごしに遠くをながめるようになってね。悲しい目だった。ユタやインガとはなれてくらすのは、もうたえられないって、思いつめていたんだろう。

わたしはといえば、収容所《しゅうようじょ》にいるみんなと同じように、一日も早く戦争が終わって、ふたたび自由の身になれることだけを願っていた。そうして一九四五年の夏、とうとうその日がやってきた。何もかも終わってこれで家に帰れると思うと、ただもううれしかった。

ところが悲しいことに、いつまでたっても家には帰してもらえない。かわりにサフォーク州の、この近くにある収容所《しゅうようじょ》へうつされた。主に農場で働いて、たまに浜《はま》へ出て鉄条網《てつじょうもう》や地雷《じらい》の除去《じょきょ》にあたった。つまり、マンフレートもわたしも収容所《しゅうようじょ》から出されて、メイフィールド農場でくらすことになったというわけなんだ。そこにいたウィリアムさんご夫妻《ふさい》といっしょに」ヴァルターは一度言葉を切り、わたしたちにむかってにっこり笑った。

「それと、ご夫妻《ふさい》の小さな娘《むすめ》さん、グレースとね」

3

アレックスはまだ話を飲みこめなくて、「ねえチャーリー、それがママってこと?」と、こっそりきいてきた。ひそひそ話のつもりが、アレックスの場合は声を落とすことができないから、ふたりにまるぎこえだった。

ヴァルターがわたしのかわりにこたえた。「そうだと思うよ。そうであってほしいと、心から願っている。こんな形できみたちと会えて、わたしがどれだけうれしいか、わかってくれるよね。ぐうぜんというよりは、まるで運命の出会いだ」

そう言われても、わたしのなかにはまだわからないことがあった。「でもどうして、お友だちのマンフレートさんは、うちの犬と同じ名前なんですか」

「ああ、そうだった、リトル・マンフレート」ヴァルターがつづける。「心配しなくていいよ、リトル・マンフレートのことはちゃんとおぼえている。わすれるなんて、できやしない。ほんとうだよ。すぐに教えてあげよう。だけどまずは、ウィリアムご夫《ふ》妻《さい》のことを話そう。きみたちのおじいさん、おばあさんだね。さっきも言ったように、ふたりのくらしていた農場の家に、わたしとマンフレートがやっかいになったんだ。

最初のうちは、ウィリアムさんも奥《おく》さんもうわべだけ愛想《あいそ》よく、心はまったくひらかなかった。いやだったんだろう。同じ家にわたしたちを置くのが。だってドイツ人なんだから。戦争は終わったけれど、わたしたちはあいかわらず敵《てき》だった。まだおさないグレースなんか、愛想《あいそ》も何もあったもんじゃない。何週間も口さえきいてくれなかった。わたしたちを見て、舌《した》をぺっとつきだしてくることさえあったんだ。

だけどマンフレートは、しばらくするとグレースと友だちになった。インガのことをいっぱい話してきかせ、インガの写真をグレースに見せてやったり、庭木の上に小屋をつくって、そこでグレースがすわって本を読めるようにしてやったり。グレースは本を読むのが大好きだったんだ」

「いまでもそうだよ」アレックスが言う。「ママはいっつも本ばっか読んでる。ぼくらがテレビを見ているときも、ママだけは本を読んでるんだ。ぼくは好きじゃない。だって字ばっかりなんだもん」

わたしはアレックスをだまらせ、ヴァルターに先をつづけてもらった。

「で、そうこうするうちに、ぼくらは家族の一員みたいにあつかってもらえるようになった。同じテーブルで食事をして、日曜日にはみんないっしょに教会に行くようにもなったんだ。働くのもみんないっしょだよ。馬の世話をして、畑をたがやして、収《しゅう》穫《かく》をする。畑に肥《こ》やしをまき、水をくみ、みぞをほり、畑から石をとりのぞき、必要なことはなんでもやった。わたしはいつでもみんなよりちょっとばかりおくれる。けがをしたせいで、つえをつきながらの作業だからね。それでもいっしょうけんめい働いたよ。

農場の作業がないときは、ほかの捕虜《ほりょ》たちといっしょに浜辺《はまべ》へ出ていって、そこで鉄条網《てつじょうもう》や地雷《じらい》の除去《じょきょ》にあたった。この海岸一帯に、地雷《じらい》がたくさんうまっていたんだ。海から侵略《しんりゃく》されるのをふせぐために、わたしたちがやってくる数年前にうめられた。しかし結局のところ海からの侵略《しんりゃく》はなかった。それで戦争が終わると、地雷《じらい》をすべて除《じょ》

去《きょ》して、浜辺《はまべ》を安全な場所にもどすために、わたしたち捕虜《ほりょ》が力をかしたんだ。

夜になるとマンフレートとわたしは、よくグレースに本を読んでやった――これはとてもよくおぼえている。暗くなったあとも、マンフレートがまだ家畜《かちく》にえさをやりに外に出ているときなんかは、わたしひとりのときもあった。そういうとき、マンフレートがいっしょにいれば、グレースはもっとよろこぶだろうってわかるんだ。わたしよりマンフレートのほうが英語はずっとうまかった。といっても二年のあいだ、そこでくらしたおかげで、最後にはわたしもうまくしゃべれるようになったんだがね。

クリスマスには、マンフレートとわたしとで、ドイツ語で賛美歌《さんびか》を歌った――それはウィリアムさんのアイデアだよ。マンフレートはグレースに、〝スティレ・ナハト〟を教えてやった。〝きよしこの夜〟のドイツ語版《ばん》だ。

そのうちに、村の人々もわたしたちによくしてくれるようになった――といっても、全員ってわけじゃない。こちらのすがたを見ると、話さなくてすむように道路をわたって反対側に行ってしまう人もひとりやふたりはいたんだ。でもそれはしかたのないことだって思っていた。この戦争でおおぜいの人が苦しんで、みんな大きな悲しみを胸《むね》にかかえていた――悲しみの裏《うら》には、たいてい怒《いか》りがかくれている。怒《いか》りっていうのは根が深くて、悲しみが去ったあともずっと消えないんだと思うよ。

いつしかグレースは、マンフレートにとって娘《むすめ》みたいな存在《そんざい》になっていた。故郷《こきょう》に置いてきた娘《むすめ》と同じだ。グレースといっしょにいるときがマンフレートはいちばん幸せなようだった。

それからとうとう、マンフレートもわたしも故郷《こきょう》に帰れるっていう、うれしい知らせがとどいた。このときだよ、マンフレートが、グレースのために何か特別なプレゼントを残そうと決めたのは。

もともと、ものをつくるのが大好きで、木をつかっていろんなものをつくっていたんだ。手先がとても器用でね。それで納屋《なや》から材料になりそうなものを見つけてきた――たしかあれはリンゴ箱を分解《ぶんかい》した板だった。それを切ってマンフレートは小さな犬のおもちゃをつくった。故郷《こきょう》の家でユタとインガが飼《か》っているダックスフントにそっくりのおもちゃをね。車輪もつけたよ。わたしは色ぬりを担当《たんとう》した――毛はもちろん茶色で、小さな鼻と目と耳を黒にぬって、車台は緑にぬった。車輪はあざやかな赤だ」

「リトル・マンフレート！」

アレックスが言った。

「おじさんが、リトル・マンフレートに色をぬったの？」

「マンフレートがつくって、わたしが色をぬったんだ」

ヴァルターは誇《ほこ》らしげに言った。

「リトル・マンフレートはわたしたちの共同作品だよ。わたしがそれに、ひもを一本結びつけて、グレースがひっぱって遊べるようにした。グレースをびっくりさせたかったから、マンフレートといっしょの寝室で、だれにも知られないようにつくったんだ。これは〝平和の犬〟になるよって、マンフレートはそう言っていた。あれからずっと、その言葉を何度も思いだしたっけ。できあがったおもちゃにふたりとも大満足して、わたしのベッドの下にかくしておいた。出発の日にグレースにわたせるようにね。

最後の日は浜辺《はまべ》に行って、まだ残っている鉄条網《てつじょうもう》を片《かた》づけた。鉄条網《てつじょうもう》は片《かた》づけても片《かた》づけても、いくらでもあった。ランチのときには、マンフレートやほかのみんなといっしょに、ここまでやってきてボートのそばに腰《こし》をおろして食べた。いまと同じように海をながめながらね。

それからマンフレートが、こんなのを見つけたよと言って、わたしに平べったい石を見せてきた。水切りの要領《ようりょう》でとばしてやれば、石が海面をとびはねてドイツまで行く。自分たちより先に石のほうが故郷《こきょう》に帰ることになるって、そう言うんだ。マンフレートは立ちあがり、石を投げるために波うちぎわまで歩いていった。その日は潮《しお》がずっと遠くまでひいていたと思う。だから遠くまで歩いていったんだろう。

ふいにものすごい閃光《せんこう》があがったかと思うと、わたしは爆発《ばくはつ》の衝撃《しょうげき》でボートの腹《はら》にたたきつけられた。頭を打ったせいだろう。しばらく意識《いしき》をうしなっていた。どれぐらいそこに横たわっていたかわからない。意《い》識《しき》がもどると、何があったのか、ほかのみんなが話してくれた。

マンフレートを吹《ふ》きとばしたのは地雷《じらい》だった。まだうまったままま見つからないものがあったんだ。とても残念だと、みんながわたし

に言ったよ。それでその夜、マンフレートがつくった小さな犬のおもちゃを、わたしがひとりでグレースにわたすことになった。

グレースはすっかり動揺《どうよう》して、口がきけなかった。でもそのあと、グレースがベッドに入ってから、ウィリアムさんの奥《おく》さんがわたしに教えてくれた。グレースは犬のおもちゃを〝リトル・マンフレート〟とよぶことにしたって。ずっと大事にとっておいて、家族でそれを見るたびに、マンフレートのことを考えて、どんなにやさしくて、すてきな人だったか、思いだすようにするって。

翌朝《よくあさ》、わたしを乗せる大型トラックがやってきた。グレースはパジャマの上にガウンをひっかけたかっこうで出てきて、リトル・マンフレートを胸《むね》にしっかりだきしめていた。それがわたしの最後に見た、きみたちのお母さんだった」

そこでヴァルターは口を結び、わたしは話が終わったのだとわかった。

「ママがいつも言ってるの。リトル・マンフレートはママにとって特別なおもちゃで、とてもたいせつなものなんだって」

わたしはヴァルターに言った。

「だから大事にしてちょうだいねって言うんだけど、なぜ特別なのか、理由はまったく教えてくれなかった。パパがうっかりふみつけて、車輪がこわれたときには、もうほんとうにおろおろして。おこりはしなかったけれど、ものすごくショックだったみたい。しまいには泣きだしちゃって、どうしてそこまで、と思っていたんだけど、いまようやく理由がわかった」

「でもまだぜんぶわかったわけじゃない」

ヴァルターがつづける。

「このマーティという、すばらしい友がいなかったら、きょうわたしがここに、こうして立っていることはなかった。マーティのアイデアなんだ。はるばる旅をして、ここへもどってくるっていうのは。ぜったいそうしたほうがいい、きみのためにも、マンフレートのためにもって。たしかにマーティの考えは正しいとわかったよ。

ほら、マーティ、なんと言ったっけ？『いまだに胸《むね》のなかにもやもやしたものをかかえているなら、きみは過去《かこ》とむきあわなきゃいけない』たしか、そんなようなことを言ってくれたね？　それでいまこうして、すべてが起きた浜辺《はまべ》に立っているというわけなんだ。この浜辺《はまべ》も農場も、グレースとマンフレートも、何度夢《ゆめ》に出てきたかわからない」

ふいにアレックスがいきおいよく立ちあがり、両手でサッカーボールをとりあげた。

「すっごいこと考えた。うちにきて、ママとパパに会うんだ。そしたら、リトル・マンフレートにだってまた会えるよ。いいでしょ？」

ヴァルターはわたしの顔をじっと見た。

「どうかなあ。きみのお母さんは、わたしがわからないかもしれない。もう長いこと会ってないんだ――二十年近くもだよ」

「ヴァルターの言うとおりかもしれない」

マーティが言う。

「まねかれもしないのに、いきなりたずねていくなんて」

「いいからきてよ」

アレックスは言いはった。相手の言うことなどおかまいなしだ。

「ぼくがきてって言ってるんだから。さあ、行こう！」

そう言うとヴァルターの手をひっぱって立たせた。

ひとたびアレックスが何かやりたいと思いつくと、ぜったいあとにはひかないことを、ふたりは知らない。結局アレックスにひっぱっていかれる形で、みんなあとについて浜辺《はまべ》から道へ出て歩きだした。アレックスはずっとボールをドリブルしながら進んでいく。とちゅう、あいている門があると、片《かた》っぱしからゴールを決めていき、

そのボールをまたマニーがかならず追いかける――家に着くまでにぜんぶで十二回。

「十二対〇！　十二対〇でイングランドの勝ち！」

アレックスが大声でさけぶなか、わたしたちは農場へ入っていった。なかに入ってもアレックスは大はしゃぎで、まだはねまわっているので、とうとう転んで牛糞《ぎゅうふん》の肥《こ》やしのなかにたおれてしまった。いいきみだと思ったけれど、口には

しなかった。でもアレックスはすこしもこりたようすはなく、起きあがって家のほうへむかい、ママ出てきてよと、大きな声をはりあげている。

しばらくするとママが戸口に現れた。わきに子羊をかかえ、片手《かたて》に授乳用《じゅにゅうよう》のミルクが入ったびんを持っている。

「なんなの？」

ママが言う。アレックスが手とズボンをどろどろにしているのを見て、すぐにお説教がはじまるだろうと思っていた。それなのにママはアレックスになど目もくれない。その場に凍《こお》りついたように立ったまま、ヴァルターをじっと見ている。しばらくのあいだ、ママもヴァルターも何も言わず、だまって見つめあっていた。

それからヴァルターが口をひらいた。

「グレースかい？　わたしだよ。おぼえているかい？」

「おぼえてる」

ママが言った。

「ただ信じられないだけ」

その場に根を生やしたように動かない。

こういうとき、どうしたらいいのか、いっしょうけんめい考えているママの心のなかが見えるようだった。

ようやく心が決まったのか、ママは農場をつっ切って、こちらへずんずん歩いてくる。ヴァルターが握手《あくしゅ》の手を差しだしたけれど、ママはそれをにぎらず、わたしに子羊をあずけ、アレックスにミルクのびんをわたした。

それからヴァルターのほうをむくと、両腕《りょううで》をのばしてだきついていった。目をぎゅっとつぶっていたけれど、やっぱり涙《なみだ》はこぼれてしまった。

パパが牛小屋から出てきた。アレックスは走っていって、どろだらけの手をかかげて見せる。

「ママが泣いてるよ。それとね、ぼく転んじゃった。ほらパパ、見てよ！」

4

それから一時間もしたころ、わたしたちはキッチンのテーブルをかこんですわっていた。――アレックス、わたし、ママ、パパ、ヴァルター、マーティ――車輪が三つになってしまったリトル・マンフレートも、テーブルのまんなかに置かれている。部屋のすみに置いたかごのなかではマニーが身を丸めて、わたしたちにじっと目をむけていた。

テーブルにはスコーンやジャムといっしょに、バッテンバーグ・ケーキ（たてに四区画になっている長方形のスポンジケーキ）が出ている。

アレックスは家に帰ってきてから、しゃべりっぱなしだった。ヴァルターの話を夢中《むちゅう》で両親に伝えているのだけれど、早口で要領《ようりょう》を得ない――海岸でぐうぜん出会ったことを話したかと思うと、ヴァルターとマーティがワールドカップの決勝戦に行ったことを話し、それから戦争の話をえんえんとして、ヴァルターが捕虜《ほりょ》になって、友だちのマンフレートが浜辺《はまべ》で死んで、その人がリトル・マンフレートをつくったんだと、一気にしゃべりとおす。そのあいだ、わたしは横から口をはさめないし、ほかのみんなもだまっているしかない。ケーキをほおばってアレックスの口がいっぱいになってはじめて、わたしが口をはさんだ。

「すごいと思わない？」

ママに言った。

「だって、まったくのぐうぜんなのよ。わたしたちがふたりを見つけていなかったら、ママがヴァルターと再会《さいかい》することはなかったし、こうして、みんなでいっしょにお茶を飲むこともなかった。それって、ほんとうにびっくりじゃない？」

みな、なんと言っていいかわからないようだった。アレックスでさえだまっている。しばらくのあいだ、ティースプーンがカップに当たる音だけがあたりに響《ひび》いていた。ママがヴァルターにお茶のおかわりをすすめる。農場でヴァルターと会ってから、ママはほとんど口をひらいていない。きっとまだ信じられない気持ちなんだろう。それからママが言った。

「いまでもはっきりおぼえてる。最後にここでいっしょにすわったの。ヴァルター、そのとき、あなたからリトル・マンフレートをもらったのよ。いまみたいにテーブルの上にのっていた。あれは、あなたが行ってしまう前の晩《ばん》。あの日にマンフレートが死んだのよね？」

笑顔をつくろうとするのだけれど、目は涙《なみだ》ぐみ、声も泣き声になっているのがわかった。パパも気づいたのだろう。急いで話題をかえた。

「で、あの試合、どう思います？　ありゃゴールでいいのか、それともノーゴールか？」

「いいかげんにして、ハリー」

ママがふたたびしゃきっとなり、鼻をかんだ。

「ゴールがなんだって言うの？　もっと大事なことがあるでしょ——ヴァルターがここにいるの、もうずっと会っていなかったのに、いまこうしてリトル・マンフレートといっしょにいるのよ。あなたのせいで、マンフレートの車輪は三つになってしまったけど」

「なおす、なおすって、パパずっと言ってるじゃないか」

アレックスが言う。

「なのに、まだなおしてない。だいたい、ふんづけてこわしたのはパパなんだよ」

いやそれはだだね、農場の仕事がいそがしすぎるからで、手があいたらすぐにでもなおすんだがと、パパのいつもの言いわけがはじまった。するとマーティが「いいことを考えた」と言ってママに顔をむけた。

「ぼくがなおそう。グレース、ひょっとして裁縫《さいほう》道具がないかな?」

「もちろんあるわ」

「車輪は縫《ぬ》いつけられないよ」

アレックスがからかった。

「だいじょうぶ。縫《ぬ》いつけるわけにはいかなくても、なんとかなりそうだ。お茶を飲んだらやってみよう」

ヴァルターの話をきいてから、ずっと気にかかっていたことを、わたしはママにきいてみた。

「どうして、これまでリトル・マンフレートのことを話してくれなかったの？　マンフレートやヴァルターのことを？　なんにも言わなかったじゃない」

ママはすこし考えてから口をひらいた。

「あんまり悲しすぎたからよ、チャーリー。あなたがとても小さいときには、そんなことを話すのは残酷《ざんこく》だと思った。それからもずっと、考えただけでぞっとして、口にするなんてとてもできなかった。マンフレートはおだやかな人で、わたしにとてもやさしくしてくれたの。でもこうしてヴァルターがここにいると、悲しいことはぜんぶ終わったんだって、そう思えてくる」

「ひとつだけ、不思議なんですが」

パパが、またケーキをひと切れ、自分の皿にとりながら言う。

「戦争が終わったあと、どうやってふたりは再会《さいかい》したんです？」

「まったくのぐうぜんだったよね、ヴァルター？」

マーティがきいた。

「戦争が終わって、まだ数年しかたたないある日、わたしはリバプールストリート駅にいた――もうこのときには海軍を除隊《じょたい》して町にもどっていてね。当時はシティ（ロンドンの金融《きんゆう》中心街）にある保険《ほけん》会社につとめていて、その通勤《つうきん》とちゅうだった。プラットフォームに男たちが身をよせあうように立っていて、列車がくるのを待っていた。見てすぐ、ドイツ人の捕虜《ほりょ》だってわかったよ――みな濃紺《のうこん》の戦闘服《せんとうふく》を着ていたから。そのうちのひとりが、スーツケースの上に腰《こし》をおろして、ぼくのほうをまっすぐ見ている。まゆをよせながら、どこかで見た気がするぞといった目で、じいっとね。そ

れでわかった。ヴァルターだった。

おしゃべりをする時間はほとんどなかったけれど、握手《あくしゅ》をして、連絡先《れんらくさき》を交換《こうかん》することはできた。そのときはそれがせいいっぱいだった。そうだよね、ヴァルター？　それからきみは列車に乗ってドイツへ帰っていき、ぼくは勤務先《きんむさき》へむかった」

「あのときも、きみはたばこを一箱くれたんだよ！」

ヴァルターが言う。

「あれ以来わたしたちは数か月ごとに手紙を送りあってきた。この手紙はわたしにとってひじょうに重要な意味があった。戦争が終わって故郷《こきょう》に帰ってきたものの、長い年月をへだてて、もとの生活にもどるのは生やさしいものじゃない。まるでちがう人間になってしまったようだった。家族にとってもそうだった。そんなわたしをすくってくれたのがインガとユタ――マンフレートの家族だった。

じきにわたしのなかで、ユタへの友情《ゆうじょう》が愛情《あいじょう》にかわっていき、帰郷《ききょう》した数年後に結婚《けっこん》した。なんだかそれがいちばん自然なことに思えた。マンフレートのかわりになることはできない、そんなことはだれにもできない。しかしユタといっしょにいることに対して、すこしも引け目は感じなかった。それでわたしは、自分が名前をつけた子の親になったというわけなんだ。

だけど、そうして新しい家族ができても、気がつくとわたしのなかには、人に話せないことがたくさんたまっていた。それをマーティになら、手紙に書いて話すことができた。どうしてなのか、よくわからない。しかし、わずかな時間ではあったけれど、わたしたちはドーセットシャー号に乗りあわせ、あのおそろしい一日に起きたことを目撃《もくげき》した。きっとそれが、ふたりを結ぶきずなのような働きをしているんだろう。

ともに悪夢《あくむ》のような経験《けいけん》をした——フッド号がしずみ、ビスマルク号もしずみ、恐怖《きょうふ》のどん底に落とされて、多くの友をうしなった。故郷《こきょう》ではこういう話に興味をしめす人はいない。当然だ。まともな食事をしたい、あたたまりたい、生活をたてなおしたいと、みんなの頭にはそれしかない。故郷《こきょう》の人々にとって戦争は、一刻《いっこく》も早くわすれてしまいたいことだった。しかしわたしたちは、戦争になんらかの意味づけが必要だったんだ。

それで何年ものあいだ、手紙を通じて友情《ゆうじょう》を深めていった。そうだよね、マーティ？書けば書くほど、共通点がいっぱいあるとわかってきた。どっちもつりが好きで、サッカーが好きで——もちろん好きなチームはちがう——マンチェスター・ユナイテッドとバイエルン・ミュンヘン。

ところが、いまからほんの数週間前に、まったく思いがけなく、マーティからさそいを受けた。イングランドにこないかってね。ワールドカップ決勝戦のチケットが二枚《まい》ある。イングランド対ドイツのチケットが。これはどうしたって、ふたりいっしょに行かなきゃいけないってマーティは言う。ユタも行くべきだと言い、インガもそう言った。インガに言われちゃあ、しょうがない！

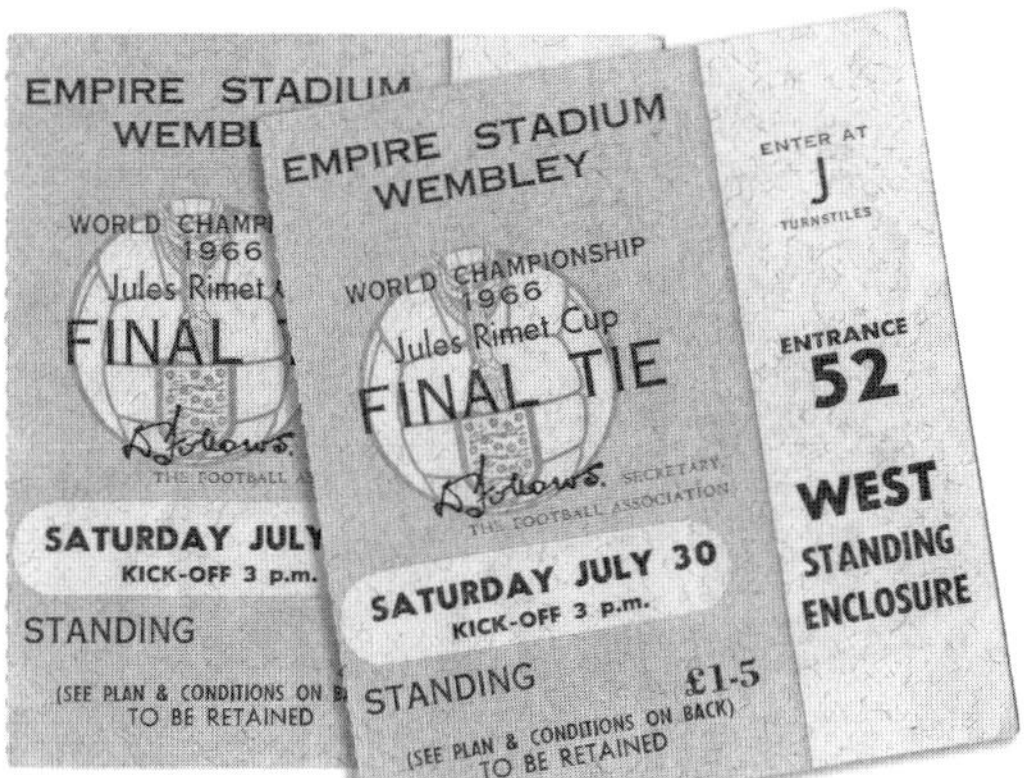

それで、こうしてここにやってきたわけなんだ。たしかに試合は負けた。しかし心のなかで自分に言いきかせている。たかが試合じゃないか、つぎはきっと勝つってね。こうしてテーブルを見まわしていると、イギリスの家庭に、マンフレートとわたしの家庭に、帰ってきたんだなとつくづく思う。たとえ試合に勝っていたとしても関係ない。グレースが言うように、いまこうして、自分がここにいることのほうが、はるかに重要だと思う。

サフォークの農場をたずねるべきだとわたしにすすめたとき、そうすれば亡霊《ぼうれい》をねかしつけられるからとマーティが言ったんだ。そのとおりだ。ここにわたしたちがいるのを見たら、きっとマンフレートはよろこぶよ。みんながそろって顔をあわせ、リトル・マンフレートも三つの車輪ながら、ちゃんとすわっている。こうして見ていると、マンフレートが言ったとおり、これはたしかに〝平和の犬〟だって思える。ほんとうにすべて終わったんだと、ようやく実感できる」

「それで思いだした」

マーティがママにむかって言う。

「新しい車輪が必要だったね？　グレース、きみの裁縫《さいほう》道具をかしてくれるかい？」

そう言うと、手をのばしてマンフレートをとりあげた。

「すぐになおしてやるからな」

マーティはリトル・マンフレートにそう言って、ママといっしょに居間《いま》へ消えた。

そのあとは、ささやき声と、かなづちをふるう小さな音が、居間《いま》からたくさんきこえた。

数分もしないうちに、リトル・マンフレートを両手で得意げにかかえてママがもどってきた。車輪は四つ——ほぼ完璧《かんぺき》と言ってよかった。

「リトル・マンフレートはすっかりもとどおり」

ママが言って、わたしたちにむかってにっこり笑った。リトル・マンフレートはまたテーブルの中央に置かれた。車輪のひとつは糸巻《いとま》きだったけれど、ほかの車輪とぴったり同じ大きさで、色が赤くないところだけがちがった。

それについてはアレックスがあとでなんとかした。真っ赤なクレヨンで新しい車輪をぬりつぶして。何よりうれしいのは、アレックスがひもをひっぱって走っても、リトル・マンフレートがひっくりかえらなかったこと。ぐらつくこともなく、新しい車輪は大成功だった。

つまりはそういうこと。なぜママの大事な犬のおもちゃが、リトル・マンフレートとよばれることになったのか、こうしてわたしは理由を知った。

でも――そのときにはわからなかったけれど――この話はここで終わりにはならなかった。ぜんぜん。

二十五年後

それから二十五年がたって、わたしはロンドンへ特別な旅に出かけた。わたしたちといっしょにサフォークからおおぜいの人が南下し、村から出ていくバスは満員だった。バスにはうちの家族がせいぞろいし、ママとパパにくわえて、わたしの子ども四人も乗り、弟のアレックスも現在《げんざい》くらしているカナダのトロントからはるばるやってきた。

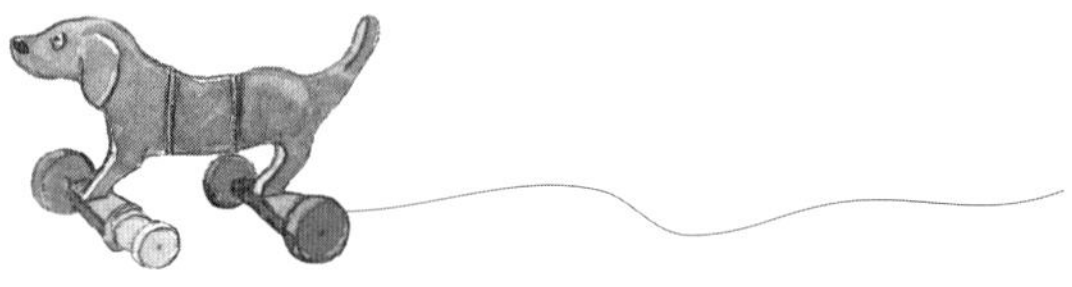

しかし残念なことに全員がそろったわけではなかった。ヴァルターは前の年に亡《な》くなっていた。それでもユタがインガを連れてやってきた。このイベントのために、はるばるドイツからやってきて、友人や親戚《しんせき》もいっしょだった。

マーティもやってきた。年をとって身体が弱り、ぎくしゃくした足どりでゆっくりしか歩けなかったけれど、これだけは見のがすわけにはいかないと言っていた。わたしはマーティに申しわけない気持ちでうちあけた。せっかくつけてもらった糸巻《いとま》きの車輪は取りかえて、いまでは四つ、まったく同じ車輪がついていると。

「わたしに言わせれば、リトル・マンフレートはちゃんとした脚《あし》が四つそろって、むかしよりずっとうれしそうだ」

そう言ってマーティはにやっと笑った。

「脚《あし》だろうと、車輪だろうと、糸巻《いとま》きだろうと——要は動けばいいわけだ。ちゃんと動いていれば大満足。年をとるとなかなかそうはいかない」

インガがリトル・マンフレートを持って帝国《ていこく》戦争博物館へと通じる階段《かいだん》をのぼった。なかに入ると、うちのママといっしょに、新しい家のなかにリトル・マンフレートを落ちつかせた。巨大《きょだい》なホールのどまんなかに置かれた陳列《ちんれつ》ケースで、ここにやってきた人はかならず目にすることになる。この日を記念して短い歓《かん》迎式典《げいしきてん》が行われ、数人がスピーチをした。

そのあとみんなで立ちつくし、ちょっと涙目《なみだめ》になっていると、どこかのお母さんと、小さな女の子が、陳列《ちんれつ》ケースのわきにしゃがんでいるのが目に入った。どちらもリトル・マンフレートをじっとのぞきこんでいる。

「このダックスフント、どうしてここにいるの？」

女の子がきいた。

お母さんは、陳列《ちんれつ》ケースのわきについている説明書きを読みながら、いっしょうけんめい説明している。

「ほら、ここに書いてあるわ。この犬はリトル・マンフレートという名前だって。ドイツの戦争捕虜《ほりょ》だった、ふたりの男の人がつくったそうよ。名前はマンフレート・ハイデとヴァルター・クロイツ。戦争が終わったあと、サフォークの農場でくらしていて、農場で働くかたわら、近くの浜辺《はまべ》で有刺《ゆうし》鉄線や地雷《じらい》を取りさる手伝いをしていたんだって。これはふたりをわすれないために、博物館に寄贈《きぞう》されたものらしいわ」

「だけど、どうしてこれをつくったの？　だれのために？」

小さな女の子がきく。

「さあ、どうなんでしょうね。それについて、だれかが本を書いているらしいわ。絵

のついた本で、題名は『時をつなぐおもちゃの犬』。本屋さんに行って買えばいいわ。いっしょに読んでみない？　そうしたら、どういうことなのか、ぜんぶわかるんじゃない？」

ふたりが去っていくとき、女の子がふりかえって言った。

「ねえ、あの小さな犬、わたしを見てにっこり笑っているみたい」

あとがき

マイケル・モーパーゴ

ドイツの戦艦《せんかん》ビスマルク号は、十九世紀の政治家《せいじか》で、新たに統一《とういつ》されたドイツ帝国《ていこく》の初代首相オットー・フォン・ビスマルクにちなんで名づけられた。ビスマルク号は一九三九年二月十四日に進水。当時就役中《しゅうえきちゅう》の戦艦《せんかん》で最大級の——満載時《まんさいじ》の重量は五万トン強——ドイツ海軍の誇《ほこ》りだった。

一九四一年五月十九日、エルンスト・リンデマン艦長《かんちょう》の指揮《しき》の下、二千二百人の乗員を乗せて、ビスマルク号はバルト海の港を出発して北大西洋へ出た。プリンツ・オイゲン重巡洋艦《じゅうじゅんようかん》をともない、連合国の商船を攻撃《こうげき》し破壊《はかい》する使命を負っていた。イギリスの本国艦隊《かんたい》（イギリス周辺海域《かいいき》を管轄《かんかつ》したイギリス海軍の艦隊《かんたい》）は警戒態勢《けいかいたいせい》をとっていたところ、五月二十三日の夜、英国巡洋艦《じゅんようかん》ノーフォーク号が、グリーンランドとアイスランドのあいだのデンマーク海峡《かいきょう》にむかって進むドイツの船舶《せんぱく》二隻《せき》を発見。イギリス最新の戦艦《せんかん》プリンス・オブ・ウェールズ号と古参の巡洋戦艦《じゅんようせんかん》フッド号が、ビスマルク号を迎撃《げいげき》するために進路をかえた。翌日《よくじつ》、短時間の戦闘《せんとう》でフッド号が爆破《ばくは》されて沈没《ちんぼつ》。千四百十八人の乗員のうち生存者《せいぞんしゃ》はわずか三名だった。これを受けてイギリス海軍は、固い決意を胸《むね》にビスマルク号を追った。ビスマルク号もまた傷を受けたが、なんとかその場をのがれ、修理《しゅうり》のためにドイツ占領《せんりょう》下のフランスの港へ入った。

しばらくビスマルク号と追っ手の接触《せっしょく》はなかったが、五月二十六日、ふたたびビスマルク号が目撃《もくげき》された。イギリスの雷撃機《らいげきき》（魚雷《ぎょらい》をかかえこみ対艦攻撃《たいかんこうげき》に特化した飛行機）ソードフィッシュが魚雷攻撃《ぎょらいこうげき》を仕掛けたところ、そのうちの一本で、ビスマルク号の舵《かじ》が固定され、操舵装置《そうだそうち》も損傷《そんしょう》した。航行不能《ふのう》となったビスマルク号にとどめをさそうと、イギリス海軍はせまっていった。戦艦《せんかん》ロドニー号およびキング・ジョージ五世号より連射《れんしゃ》を浴びせられ、駆逐艦《くちくかん》に襲撃《しゅうげき》され、一九四一年五月二十七日の午前十時三十九分、ついにビスマルク号はしずんだ。果たしてビスマルク号は、生き残った乗員の言うように自沈《じちん》したのか、それとも英国軍艦《ぐんかん》ドーセットシャー号の魚雷《ぎょらい》によって撃沈《げきちん》されたのか。沈没原因《ちんぼつげんいん》はいまだに係争中だ。いずれにしても、ビスマルク号狩《が》りのリーダー、海軍大将《たいしょう》のジョン・トーヴィーは、その戦いぶりをつぎのように讃《たた》えている――「ほとんど勝ち目のないなかで、この上なく雄々《おお》しく戦い、国旗を掲揚《けいよう》したまま、昔日《せきじつ》のドイツ帝国《ていこく》海軍の名に恥《は》じない最期を遂《と》げた」

二千二百人以上の乗員のうち、わずか百十四人の船員だけが生き残った。英国軍艦《ぐんかん》ドーセットシャー号が八十五名の船員を救出し（そのうち一名は、翌日《よくじつ》に船中で死んだ）、英国軍艦《ぐんかん》マオリ号は、さらに二十五名を救出したが、その海域《かいいき》でU《ユー》ボートが潜行《せんこう》しているとの警告《けいこく》が出されたために、残りの乗員は海に残して、両船ともその場を脱《だっ》した。その後、ドイツの気象観測船《かんそくせん》がさらにふたりの生存者《せいぞんしゃ》を救出し、潜水艦《せんすいかん》U《ユー》-74がもう三人を救出した。

第二次世界大戦時、イギリスで最初の捕虜《ほりょ》になったドイツ海軍の兵士は、一九三九年九月二十日に沈没《ちんぼつ》した潜水艦《せんすいかん》U《ユー》-27の乗員だった。彼らをはじめとする捕虜《ほりょ》は、一九四〇年ドイツのイギリス侵攻《しんこう》を予期してカナダへ送られた。一九四四年のD《ディー》-デイ（ノルマンディに上陸した英米連合軍による北フランス侵攻《しんこう》開始日一九四四年六月六日）以降《いこう》になってはじめて、大人数のドイツ人捕虜《ほりょ》がイギリスに到着《とうちゃく》した。一九三九年には、イギリスの収容所《しゅうようじょ》にはたった二名の捕虜《ほりょ》しかいなかったが、一九四五年に連合国が勝利するころには、六百人以上になっていた。終戦直後、イギリスの労働力のほぼ四分の一を戦争捕虜《ほりょ》の労働力が占《し》めていたと言われている。最初、捕虜《ほりょ》の監督《かんとく》はひじょうにきびしく、素行《そこう》のよい捕虜《ほりょ》だけが、収容所《しゅうようじょ》の外で働くことをゆるされた。しかしだいに状況《じょうきょう》は緩和《かんわ》され、クリスマスをはじめとする祝日にドイツ人捕虜《ほりょ》をよんで、家族いっしょにすごす家も出てきた。

最初の捕虜《ほりょ》は一九四六年に本国へ送還《そうかん》され、一九四九年までにはほとんどの捕虜《ほりょ》が送還《そうかん》された――しかしひとり残らずというわけではなかった。いちばん有名な例が、元ドイツ空軍落下傘《らっかさん》部隊のベルンハルト・〝バート〟・トラウトマン。彼はそのままイギリスに残り、マンチェスター・シティのゴールキーパーになって、一九四九年から一九六四年まで、チームのために五百四十五試合を戦った。二〇〇四年には、サッカーを通じてイングランドとドイツの相互理解《そうごりかい》に貢献《こうけん》したとして、名誉《めいよ》ある大英帝国《ていこく》四等勲《くん》士《し》勲章《くんしょう》を贈《おく》られた。

ほんものの〝リトル・マンフレート〟は、二〇〇五年、フランシス・デューク氏によって帝国戦争博物館《ていこくせんそうはくぶつかん》に寄贈《きぞう》された。一九四〇年代、デューク氏は家族といっしょにクロッケンヒルのウェステッド・ファームにくらしており、ケント州スワンリーに近いそこで、父親のフレッドは農場事務官《じむかん》をつとめていた。六百エーカー（東京ドームのグラウンド百八十七枚《まい》分ほどの広さ）にもおよぶ農場は大量の労働者をやとい、そのなかにドイツ人捕虜《ほりょ》もふくまれていた。うちのひとりが、すてられていたリンゴ箱をつかって、木製《もくせい》のダックスフントをつくり、クマのおもちゃといっしょに、フランシスと、その兄弟姉妹に贈《おく》った。デューク氏はまた、一九四八年十一月に元ドイツ人捕虜《ほりょ》のひとり、ヴァルター・クレメンツが書いた手紙も博物館に寄贈《きぞう》している。ヴァルターはソビエトの占領地域《せんりょうちいき》にくらしていた。デューク氏はこの手紙の意義について、つぎのように書いている――「……戦後のイギリス、あるいはそのごく一部が、強制《きょうせい》的《てき》に労働を課された外国人労働者とどう関わっていたか、その困難《こんなん》で異常《いじょう》な状況《じょうきょう》のなか、彼らがいかにして地域《ちいき》にとけこんでいったか、ある種の洞察《どうさつ》をあたえてくれる」

延長戦《えんちょうせん》

マイケル・フォアマン

（一九六六年　ワールドカップ）

ぼくはそこにいた！　ロンドンのウェンブリー・スタジアムでイングランドがワールドカップを勝ち取った瞬間《しゅんかん》に！　イングランドの試合はすべて、それ以外にも決勝戦に通じるたくさんの試合のチケットを持っていたんだ。

イングランドはさほど有望ではなかった。監督《かんとく》はアルフ・ラムゼイ。選手時代は勤《きん》

勉《べん》なディフェンダーで、人目をひく派手《はで》なプレイよりも、地道な努力とチームワークを重《じゅう》視《し》した。彼のひきいるイングランドチームは、ウィング（左右両サイドに配置されるフォワードのポジション）を置かない四―四―二のフォーメーションを採用《さいよう》し、〝ウィングレス・ワンダーズ（無翼《むよく》の驚異《きょうい》）〟として有名になった。

　この年のワールドカップでは注目を浴びる事件が早々に起きた。トーナメントがはじまる数週間前にワールドカップ（ジュール・リメ杯《はい》）が盗《ぬす》まれたのだ。ウェストミンスター・セントラル・ホールで開催《かいさい》された〝スポーツ切手〞展示会《てんじかい》で、犯人《はんにん》は三百万ポンドの切手には手をつけずに、三万ポンドの金むくのカップを盗《ぬす》んでいった。現《げん》在《ざい》のワールドカップ保持国《ほじこく》であるブラジルはそれについて、何よりもサッカーを愛している我《わ》が国では、たとえ犯罪者《はんざいしゃ》であろうとも、神聖《しんせい》な杯《はい》を盗《ぬす》むような、冒《ぼう》涜行為《とくこうい》はしないと公言。七日後、トロフィーは新聞紙にくるまれて、ロンドン東南のしげみの下から見つかった。発見者はピクルスという名の犬だった。

ワールドカップ本戦の一次リーグ戦はイギリス国内でさまざまなうきしずみを見せながら進んでいった。リバプールの試合では、世界に名だたるブラジルの選手ペレが、トーナメント開始早々に、ブルガリアの選手から強烈《きょうれつ》なタックルをくらい、第二戦を

休むことになった。さらには、北朝鮮《きたちょうせん》の勝利が人々をおどろかせ、はやばやと帰国したイタリア代表は、空港で出迎《でむか》えたサポーターから腐《くさ》ったトマトを投げつけられた。

イングランドの出足はにぶく、ウェンブリーでのウルグアイ戦は〇対〇の引き分けとなったが、つづく対メキシコ戦で二対〇、対フランス戦で二対〇と連勝し、準々決《じゅんじゅんけっ》勝に進んだ。そのあとアルゼンチンを一対〇で負かしたが、この試合はまったく熾烈《しれつ》だった。アルゼンチンの主将《しゅしょう》ラッティンは退場《たいじょう》を命ぜられ、アルゼンチンは〝獣《けだもの》〟だと決めつけたラムゼイは、試合終了《しゅうりょう》時のユニフォーム交換《こうかん》を選手たちにゆるさなかった。準《じゅん》決勝はスリリングな展開のなか、イングランドがポルトガルを二対一で打ち負かし、いよいよ最終対決の舞台《ぶたい》が整った――イングランド対ドイツ戦だ。

ドイツが先制点《せんせいてん》をとったものの、それからジェフ・ハーストが、同じクラブチームの仲間であり、かつイングランドチームのキャプテンである、ボビー・ムーアのフリー・キックからチャンスをつかみ、ヘディングで同点に持ちこんだ。雨が降ったりやんだりの後半戦でもイングランドは先に点をとる。今回ウェスト・ハム（イングランド・ロンドンのニューハム地区のアップトン・パークに本拠地《ほんきょち》を置くサッカークラブチーム）から出た三人目の選手マーティン・ピータースが、ゴールを決めたのだ。

試合終了《しゅうりょう》のホイッスルが鳴る二分前……あのときのきんちょうはわすれもしない。首を長くのばし、勝利の瞬間《しゅんかん》をいまかいまかと待ち望んでいると——なんとドイツが同点を決めた！　試合は延長戦《えんちょうせん》となり……そのあと、イングランドが決めたゴールが問題になった——いまのはラインをこえたのか、こえていないのか？　論争《ろんそう》は現在《げんざい》もつづいている。

そのあと、「あれで終わったと思う者もいたが……ほんとうの終わりはこれだ！」のひと言が有名になった、ジェフ・ハーストの稲妻《いなずま》のようなボレーキックが勝利にダメ押し。優勝《ゆうしょう》を祝うピッチ一周と、容赦《ようしゃ》ないタックルで鳴らしたノビー・スタイルズがトロフィーを高々とかかげて学生のようにはしゃぎまわるシーンが人々の記憶《きおく》に焼きつくことになった。

そういった試合のすべてをわたしとともに見てきたのが友人のポール・ロードで、彼は現在《げんざい》もケッシングランドの崖《がけ》のてっぺんでくらしている。この本にえがかれているケッシング・ビーチの家はじつは彼の家だ。

勝利の夜、わたしたちはロンドンのナイツブリッジにあるイングランドチームの泊《と》まっているホテルに大群衆《だいぐんしゅう》とともに立った。あのピクルスは祝《しゅく》賀会《がかい》にまねかれ、勝利を祝う宴会《えんかい》が終わったあと皿をなめることをゆるされた。

ジュール・リメ杯《はい》

翼《つばさ》を持った古代ギリシアの勝利の女神ニケをかたどった、背丈《せたけ》わずか十四インチ（約三十五センチ）のトロフィー。第二次世界大戦時には、一九三八年の勝利国であるイタリアがこれを保持《ほじ》していた。FIFA《フィファ》のイタリア人副会長であるオットリーノ・バラッシは、ナチスにうばわれないよう、ローマ銀行からひそかにトロフィーを持ちだしてくつ箱に入れ、自分のベッドの下にかくしていた。

一九七〇年、ジュール・リメ杯《はい》の獲得《かくとく》が三度目になったブラジルは、永遠にそれを保持《ほじ》することをゆるされた。ところが一九八三年、またもやトロフィーが盗《ぬす》まれた——ブラジルのリオデジャネイロで！　ブラジルでは犯罪者《はんざいしゃ》でさえも、サッカーという魅《み》力《りょく》あふれるゲームのとりこだという、あの話はなんだったのだろう……。

マイケル・フォアマン

［著者］

マイケル・モーパーゴ

イギリスの児童文学作家。イギリスでウィットブレッド賞、スマーティーズ賞など数々の文学賞に輝いている。邦訳は『よみがえれ白いライオン』『戦火の馬』『世界で一番の贈りもの』『ケンスケの王国』『兵士ピースフル』（以上、評論社）、『忘れないよリトル・ジョッシュ』（文研出版）、『モーツァルトはおことわり』（岩崎書店）、『カイト　パレスチナの風に希望をのせて』『発電所のねむるまち』（以上、あかね書房）など多数。

［画家］

マイケル・フォアマン

イギリスの絵本作家。ケイト・グリーナウェイ賞を2回受賞している。邦訳された絵本作品は『少年の木～希望のものがたり』（岩崎書店）、マイケル・モーパーゴと組んだ作品には『世界で一番の贈りもの』『負けるな、ロビー!』（以上、評論社）、『モーツァルトはおことわり』（岩崎書店）などがある。

［訳者］

杉田 七重（すぎた ななえ）

東京生まれ。翻訳家。訳書に『カイト　パレスチナの風に希望をのせて』『発電所のねむるまち』、「キョーレツ科学者・フラニー」シリーズ、「トロール」シリーズ（以上、あかね書房）、「一万一千の部屋を持つ屋敷と魔法の執事」シリーズ（東京創元社）、「エノーラ・ホームズの事件簿」シリーズ（小学館）、『ハティのはてしない空』（鈴木出版）、『バンヤンの木　ぼくと父さんの嘘』（静山社）がある。

日本版装丁デザイン　山田 武

協力　中島 妙

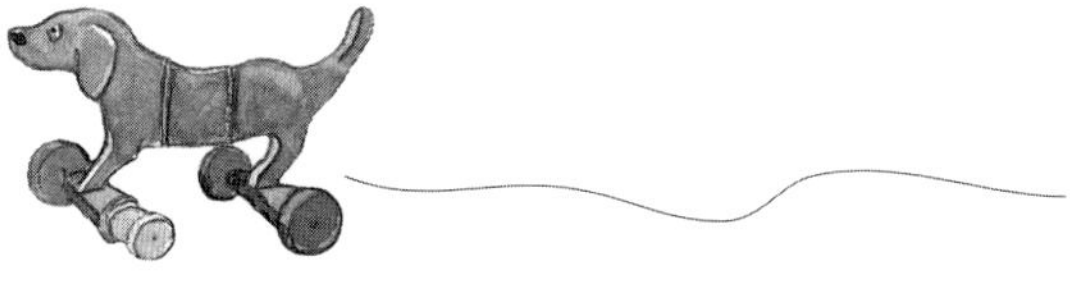

時をつなぐおもちゃの犬

発　行　2013年　6月25日　初版
2014年　6月10日　第3刷

著　者　マイケル・モーパーゴ
画　家　マイケル・フォアマン
訳　者　杉田七重
発行者　岡本光晴
発行所　株式会社 あかね書房
〒101-0065　東京都千代田区西神田3-2-1
03-3263-0641（営業）　03-3263-0644（編集）
印刷・製本所　図書印刷 株式会社

NDC933　143P　21cm　ISBN978-4-251-07305-1

落丁本・乱丁本はおとりかえします。
定価は表紙に表示してあります。
http://www.akaneshobo.co.jp